AF130834

ALEXANDRA **BOROK**

TAG *verronnen,*
NACHT *begonnen,*
AUFGEWACHT

Gedankenmalereien/
Die Entführung von M. F.

novum ◢ pro

www.novumverlag.com

Bibliografische Information
der Deutschen Nationalbibliothek:

Die Deutsche Nationalbibliothek
verzeichnet diese Publikation in
der Deutschen Nationalbibliografie.
Detaillierte bibliografische Daten
sind im Internet über
http://www.d-nb.de abrufbar.

Gedruckt in der Europäischen Union
auf umweltfreundlichem, chlor- und
säurefrei gebleichtem Papier.

© 2023 novum Verlag

ISBN 978-3-99146-274-3
Lektorat: Maria Hentschel
Umschlagfoto:
Stockeeco I Dreamstime.com
Umschlaggestaltung, Layout & Satz:
novum Verlag
Innenabbildungen: Alexandra Borok

Die von der Autorin zur Verfügung
gestellten Abbildungen wurden in der
bestmöglichen Qualität gedruckt.

www.novumverlag.com

Climate neutral
Print product
ClimatePartner.com/16547-2201-1002

Mein Dank
gilt den
Welten und Menschen,
die mich all das
erleben lassen.
In guten wie in schlechten Zeiten.

Aufgewacht

Wir waren live dabei.
Exakt auf der Linie des Umbruches tänzelten wir von Tag zu Tag in die neue Zukunft.

Ich bin Pandra.

2020.
Die Tage verrinnen, rinnen wie Wasser in den Abfluss, werden geklärt und fließen gesäubert wieder als neuer Tag in mein Leben.
Guten Morgen.
Claudia hat sich vor acht Monaten tot gemacht. Erhängt.
„Die verpasst voll die Coronazeit", denke ich, so als hätte sich mit Corona ein großes Abenteuer aufgetan.
Andrea ist vor drei Jahren tot gemacht worden. Lungenkrebs.
„Die hat's gut, die erspart sich Corona", denke ich mitleidig mit mir selbst.
Raus aus dem Bett. Die Sonne scheint. Ich öffne das Fenster in die Welt und mache drei tiefe Atemzüge. In der Nacht hat es geregnet, die Luft riecht nach Erde und Gras. Das könnte ein schöner Tag werden.

Tag verronnen, Nacht begonnen, Nacht vorbei.
Guten Morgen.

Ich sehe nichts. Alles ist schwarz. Wie sehen Blinde in ihrer Vorstellung die Farben, wenn sie von Geburt an blind waren, sodass keine Erinnerung daran möglich ist?
„Hast du überhaupt deine Augen offen?", werde ich gefragt.
„Natürlich", denke ich.
„Was denkst du denn?", sage ich.
„Ich dachte nur ...", sagt der Mensch, „... weil du es manchmal vergisst."

„Was vergesse ich?", bohre ich nach.

„Naja, manchmal vergisst du, die Augen zu öffnen, und dann glaubst du ..."

„Was glaube ich?", frage ich genervt.

„Lassen wir das. Sonst streiten wir wieder. Komm, lass uns aufstehen", entgegnet der Mensch.

Wir hüpfen aus dem Bett. Ich sehe noch immer nichts und hüpfe gegen den Kasten. „AUA", schreie ich lauthals.

Der Mensch räuspert sich und begibt sich wortlos quer durch die Wohnung in die Küche.

Kaffeeeeeeee.

Ich hüpfe wieder dorthin, woher ich gekommen bin. Ins Bett. Vielleicht probiere ich es morgen noch einmal.

Tag verronnen, Nacht begonnen, Nacht vorbei.
Guten Morgen.

2077
oder
57 Jahre n. C. (nach Corona, nicht: nach Christus)

Meine Synapsen kriegen nur langsam eine Verbindung zum Erinnerungsbereich in meinem Gehirn.

Welchen Tag haben wir? Was war gestern?" Ich finde das jedes Mal höchst eigenartig. In dieser Sekunde ist dieser Gedanke auch schon wieder weg und ich bin im Jetzt.

Sehenden Auges begebe ich mich zum Fenster, öffne es und rutsche mit meinem Pyjama an einem dicken Seil zum Gehsteig hinunter, in der Hoffnung, dass es unentdeckt bleibt. Es ist 5:45. Ein Mann mit Aktentasche auf einem E-Scooter, ebenfalls sehenden Auges, knallt in eine alte Litfaßsäule. Wahrscheinlich hat er eine Sondergenehmigung, sonst dürfte er gar nicht im Freien sein. Vielleicht hätte er mehr gesehen, wären seine Augen nicht auf seinem Handy hängen geblieben. Ein Oldie, einer von der Handygeneration. Ich rufe auf meinem in die Handinnenfläche implantierten Touchscreen die Rettung, um den Mann versorgt zu wissen.

Es hat geregnet. Die Luft riecht nicht nach Erde und Gras, weil es keine Erde und auch kein Gras mehr gibt. Nur noch Betonwüsten, so weit das Auge reicht. Weißer Beton. Wegen der Hitze. Weiß hat mir schon immer gefallen, wenn auch nicht in diesem Zusammenhang.

Die Rettung biegt lautlos um die Ecke. Ich laufe die fast menschenleere Straße entlang, als plötzlich in naher Ferne ein Tumult in mein Auge sticht. Sirenen heulen. Blaulicht. Mindestens zehn Feuerwehrautos, genauso viele Rettungswägen, doppelt so viele Polizeiautos. Alle wild durcheinander stehend und drum herum eine Menschenmasse, die wilde, hysterische Schreckensschreie von sich gibt. „Was ist denn daaaaa bitte los?", sage ich erschüttert zu mir selbst. Ich komme dem Geschehen langsam näher. Mein Herz schlägt spürbar schneller, als wüsste es schon vor mir, welches Bild sich mir gleich bieten wird. Als Erstes erblicke ich eine Rettungsbahre, die von zwei Rettungsmännern getragen wird. Darauf liegt ein Mann, festgebunden. Er schreit wie am Spieß. Nicht vor Schmerzen. Er schlägt wild um sich. Seine Schreie sind das blanke Entsetzen, als wäre er soeben durchgedreht, als hätte ihn seine Psyche verlassen. Es wirkt grausam. Mein Blick schwenkt nach seitlich rechts oben und dann sehe ich sie. Mindestens ein Dutzend. Die Menschenkörper stürzen sich wie ferngesteuert fast zeitgleich vom Dach des Hauses in den Tod. Einer nach dem anderen. Ich sehe sie fallen, wie Puppen. Männer und Frauen. Ich höre ihre Körper auf den weißen Asphalt knallen. Massenselbstmord. Wie so oft in letzter Zeit. Bisher kannte ich Derartiges nur aus dem Livestream, nun war ich live dabei.

Meinen ersten Ausflug nach so langer Zeit habe ich mir anders vorgestellt.

Verstört suche ich eine Seitengasse, biege hinein und versuche, mich zu beruhigen. Hier ist alles ganz still, als wäre nichts gewesen. Bei meinem Wohnhaus angekommen, klettere ich auf dem Seil wieder in meine Wohnung. Fenster zu. Gerettet.

Nacht verronnen, Tag begonnen. Tag vorbei.

Gute Nacht.
Der Mond hängt blutblau am Viceversumrand,
als plötzlich nichts mehr so ist wie zuvor.

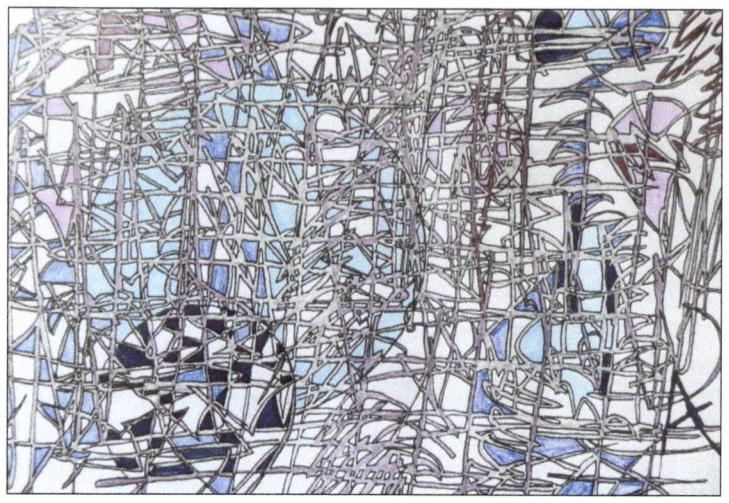

Ich schrecke aus dem Schlaf und bin schweißgebadet. Eigenartig. Ich bin noch nie mitten in der Nacht aus dem Nachtschlaf erwacht. Es ist überhaupt noch nie ein Mensch mitten in der Nacht erwacht. Dafür sorgt die automatisierte Schlafdosis, die sich in jedem Menschen um Punkt 22:00 vom implantierten Chip in die Blutbahn kämpft. Ob man will oder nicht. Der Chip wird bei Neugeborenen sofort nach der Geburt tief unter der Haut angebracht. Erwachsene, die ihn sich entfernen ließen, waren von einem Tag auf den anderen von der Bildfläche verschwunden. Erzählt man sich. Seltsam. Ich kenne niemanden ohne diesen Chip, der auch noch andere Steuerungen zu bieten hat. Um selbst zu steuern. Aber auch, um fremdgesteuert zu werden. Bei mir hat diese Fremdkontrolle anscheinend soeben versagt. Ich sehe mich um. Ganz ungewohnt diese dunkle Dunkelheit, diese Stille. Mein Mensch neben mir schläft wie erwartet tief und fest. So wie alle anderen auf der Welt auch. Mir ist mulmig zumute. Ich knipse meine Ratte an – also meine Nachttischlampe. Eine kleine, weiße Ratte aus einem leichten, robusten Material, die eine Miniglühbirne in Händen hält. Noch ein Relikt aus der Vergangenheit. Vorsichtig rolle ich mich rücklings aus dem Bett. Da fällt mir auf, dass auf dem Boden ein Zettel liegt, der noch nicht da lag, als ich zu Bett ging. Neugierig heften sich meine Augen auf die Buchstaben:

Der neue Mensch (Herbst 2020)

Ich beobachte die Menschen.
Immer wieder.
Erst letztens entdeckte ich etwas Neues an ihnen...
Für blinde Menschen gibt es Blindenleitlinien am Boden. Zum Beispiel in U-Bahn-Stationen. Eine ca. 50 Zentimeter breite, rillenartige Erhöhung. Farbabgestuft. Warum, weiß ich nicht, denn Blinde können es ohnehin nicht sehen.
Selten sehe ich Blinde im Stadtbild.
Was ich allerdings sehe, sind: Umfeldblinde.
Das sind Menschen, die ständig, auch während des Gehens, auf ihr Handy starren, ohne rundherum auch nur irgendwas mitzubekommen. Die Blindenleitlinien sorgen dafür, dass sie nicht in andere hineintorkeln, dass sie auf Linie bleiben, dass sie wissen, wann der Weg zu Ende ist und Treppen kommen, dass sie geleitet werden, ohne aufblicken zu müssen. Meine Fantasie ist angeregt und ich erdenke mir eine Welt, in der es von Haus aus so geplant war. Nämlich dass die Blindenleitlinien ursprünglich nicht nur für blinde Menschen gemacht wurden, sondern auch schon für die zukünftigen, in Entstehung befindlichen Handymenschen. Damit dann alles bereit ist, wenn die ferngesteuerten Umfeldblinden das Stadtbild prägen.

Ich falte den Zettel zusammen und bin etwas irritiert.
Ganz dunkel kommen mir diese Zeilen bekannt vor, aber ich kann es nirgends festmachen. Vor allem: Herbst 2020 – da war

ich noch gar nicht geboren! Meine linke Gehirnhälfte beginnt zu kribbeln, so als würden Hormone ausgeschüttet werden. In der Sekunde überfällt mich eine ungeheure Müdigkeit und ich kippe um wie ein Stück Holz.

Gute Nacht.

Nacht verronnen. Tag begonnen.

Guten Morgen.

„Hallo Mensch, gut geschlafen?", säusle ich ganz benommen.

„Ja, wie immer. Traumlos", säuselt der Mensch zurück.

„Kaaaffffeeeeeee."

Ich muss grinsen.

Sirenen heulen. Zum ersten Mal seit elendslanger Zeit.

„Heee, Mensch, du weißt, was das zu bedeuten hat?"

„Gruuummel, ich bin doch noch nicht munter. Frag mich nach meinem zweiten Kaffee nochmal, gut?"

Meine Aufregung lässt mich nicht ruhig sitzen.

„WIR DÜRFEN WIEDER OFFIZIELL RAUS", schreie ich lauthals und springe wie ein Känguru durch die Wohnung.

„Naja, will ich das? Jetzt so ad hoc plötzlich wieder raus. Ich weiß nicht", entgegnet mir der Mensch.

Die Worte „Ich bleibe lieber noch drinnen" höre ich kaum noch, so schnell ziehe ich meine Schuhe an und ziehe die Tür hinter mir zu. In Windeseile laufe ich das Stiegenhaus hinunter. Endlich einmal nicht geheim im Freien sein. Frei sein?

Aus allen Türen quellen Menschenkörper. Manche lachend, manche zögerlich. Allesamt weiß im Gesicht wie kleine Vampire. Blutarmut, was mittlerweile Standard ist, aber nicht mehr lebensgefährlich.

Oberhalb der Gehsteige, als zweite Ebene, gibt es die Fahrsteige. Praktisch und sehr beliebt bei Fahrradfahrern, Skateboardern, Scooter-Fahrern und Hoveristen. Seitdem die m8 die Hauptaderstraßen damit vollgebaut hat, verzeichnet die Statistik weniger Unfälle. Man braucht weder auf Autos noch auf Fußgänger zu achten. Ich benutze die Fahrsteige sehr gerne.

Heute nehme ich aber lieber meine Füße.
Ich laufe vorbei an den endlos weißen Fassaden, an die unaufhörlich A4-Zettel getackert sind, auf denen steht:

Macht (Herbst 2020)

Machen macht Macht.
Aber Obacht:
Achtvoll machtvoll.
Wer etwas macht, hat die Macht.
Wenn andere mitmachen, ist man mit Macht.
Bei Ohnmacht ist man ohne Macht.
Machtlos.
Achtlos.
Machtacht.
Die Acht hat Macht.
mAcht. m8

Immer wieder lese ich dieselben Worte, bis sie sich in meine Gehirnwindungen eingraviert haben.

Wer zur Hölle traut sich, diese Worte denken? Niemals würde die m8 Derartiges dulden.

In dieser Sekunde tönt es lautstark aus den auf der Fahrbahn angebrachten Lautsprechern:

„BEGEBEN SIE SICH UMGEHEND IN DIE HÄUSER ZURÜCK. IN WENIGEN MINUTEN WIRD EINE SONDERREINIGUNG VORGENOMMEN. DIE DÄMPFE SIND LEBENSGEFÄHRLICH. WIR SCHÜTZEN SIE. BEGEBEN SIE SICH UMGEHEND IN DIE HÄUSER ZURÜCK."

Und plötzlich sind sie alle verschwunden, die Menschen. Auch ich. Dankend ziehen wir uns in die Häuser zurück. *„Die m8 beschützt uns"*, kreist es in Dauerschleife in jedem einzelnen Gehirn.

Tag verronnen, Nacht begonnen.

Aufgewacht.

Schweißgebadet schrecke ich aus dem Schlaf.

Ich rüttle meinen Menschen neben mir. „Auuuufwaaaachen."

Keine Regung. Wie erwartet.

Meine kleine Lichtratte bleibt dunkel.

Ich blicke zum Fenster.

Ein blaues Etwas blickt zurück.

Blickt auf mich.

Es erschrickt.

Auch ich.

Die Ratte soll Licht in die Sache bringen.

Falsch gedacht.

Das blaue Etwas ist weg.

Das blaue Etwas war ein Mensch. Nur halt blau. Komplett blau. Hautblau.

In mir regt sich etwas. Aufregung.

Ich liege wach bis 7:00 früh.

Und sehe zum ersten Mal, wie mein Mensch – wie durch das Anknipsen eines Lichtschalters – aus dem Nachschlaf erwacht.

So wie alle anderen Menschen auf der Welt auch. Außer mir.

„Kaaaaaffeeeeeee."

Ich grinse. Es ist schon so vertraut.

„Du, Mensch, falls diese Sonderreinigung heute schon fertig ist von der m8, werde ich spontan Elsa abholen und mit ihr essen gehen."

„Ja, ist gut. Ich werde mich über meine Musik hermachen und versumpern."

Ich schaue aus dem Fenster. Es regnet.

Notgedrungen muss ich daran denken, dass sich meine langjährige Freundin Elsa am liebsten über das Wetter unterhält und sie Regen gar nicht ausstehen kann.

Manchmal glaube ich sogar, SIE IST das Wetter.

Wie einmal, als es den ganzen Tag schon regnete und ich sie am Abend anrief, um mich nach ihrem Wohlbefinden zu erkundigen:

Ich: „Und? Wie war dein Tag heute?"

Sie: „REGNERISCH."

Über die Lautsprecher wird verkündet, dass die Sonderreinigung in der Nacht abgeschlossen werden konnte und das Freie wieder frei zugänglich ist.

Als ich die weißen Fassaden entlanglaufe, sind die A4-Zettel vom Vortag weggereinigt.

Weggereinigt von den Fassaden, aber nicht weggereinigt aus meinem Kopf!

Jedes Mal, wenn eine Sonderreinigung stattgefunden hat, regnet es danach. Zufällig.

Die giftigen Dämpfe werden mit dem Regen schadlos gemacht, was sehr effizient zu sein scheint. Das kommt mir irgendwie verdächtig vor.

Es fällt mir der Gedanke zu, dass der Regen absichtlich, vorsätzlich gesteuert werden könnte.

Bei Elsas Wohnhaus angekommen, läute ich an ihrem Türnummernschild.

Ein lautes „JAAA?" tönt aus der Gegensprechanlage in mein Gehör.

„Hallo, ich bin's. Magst du essen gehen?"

„Naja, also gut, warum nicht. Komm aber noch rauf. Wir machen einen Zeitplan."

Ich fahre mit dem Lift in den sechsten Stock und ihr aus der Tür ragender Kopf erwartet mich schon.

„Na sag einmal. So lange haben wir uns schon nicht gesehen. Komm rein. Magst du einen Kaffee?"

„Nein, danke, nur Wasser bitte."

Elsa heizt sich eine Vitarette an.

„Hast du eine neue Sorte? Die kenne ich noch gar nicht!"

„Ja, mit Vitamin B für die Nerven und Magnesium."

Unweigerlich sinniere ich in die Vergangenheit zurück, als es noch die Zigaretten gab und massenweise Menschen an Folgeschäden verstorben sind. Allerdings war das vor meiner Zeit.

„Du, Elsa, seit wann gibt es eigentlich die Vitaretten?"

„Hmmmmm, lass mich mal überlegen … Soweit ich mich erinnern kann, dürfte das so um 2045 gewesen sein.

Das war DER Durchbruch damals. Die Welt hat gejubelt. Eine junge Wissenschaftlerin hat all die giftigen Inhaltsstoffe durch Vitamine und Mineralstoffe ersetzt und ein Verfahren bezüglich der Verbrennung entwickelt, sodass das Rauchen von der WHO als ,gesund erhaltend' eingestuft wurde. Stell dir mal vor – da wurde Menschen das Rauchen nahegelegt, die gar nicht rauchen wollten!" Elsa schmunzelt, was eine Seltenheit bei ihr ist. Neugierig schnorre ich ihr eine Vitarette ab. Nicht, dass ich schon in dem Alter wäre, wo ich das nötig hätte, aber schaden kann's nicht. Genüsslich inhaliere ich den gesunden Rauch und wieder überkommt mich so ein Gefühl, dass mir dieser Akt, dieses Tun, diese Geste bekannt vorkommt. Obwohl ich in meinem Leben noch nie geraucht habe. Höchst seltsam.

Wir verlassen ihre Wohnung und schlendern in Richtung Lokal.

Im Café angelangt, stürzen wir uns auf die kleine, aber feine Speisekarte.

„Worauf hast du Lust?", frage ich Elsa.

„Weiß noch nicht. Was isst denn du?", bekomme ich zur Antwort.

„Ich muss erst schauen", entgegne ich.

Als ich die Seite mit den Getränken aufschlage, traue ich meinen Augen nicht:

Speisekartenvarianten (2020)

Standard
Eierspeise mit Brot, Frühlingszwiebeln, geriebenem Hartziegenkäse und Curry

Neumodern
Glückliches Hühnerei auf Biobrot mit frischen Frühlingszwiebeln I Curry I Käse von der Ziege

Auf der Hütte
A guats Brötli mit an würzigen Kas, Zwüfeln, Eiaspeis und an Körri

Kindergerecht
Eili mit Broti, Käsi, etwas Gelbem und Grünem als Zierleiste

Für Künstler
Ei und Brot, Huhn ist nicht tot,
Zwiebel im Frühling,
Curry und Käse geben sich das Ja-Wort

Gewisses Milieu
Alter, was willst du? Gelbe von Ei? Kannste haben Brot dazu.
Ich dir Zwiebel in die Auge schmieren, wenn du guckst wie ein Ziege. Du Curry, du.

Zukünftig?
****428 kcal, Lebensguthaben: +15 Tagespunkte
Eiweiß für die Muskulatur, Kohlenhydrate für die Verdauung, Gemüse und Gewürz für das Immunsystem
MAHLZEIT, die WETs

Adrenalingetränkt klappe ich die Speisekarte zu und starre ins Nichts.

„Und? Hast du schon was ausgesucht?", fragt Elsa monoton.

Schweigen.

„Pandra? Hat es dir die Sprache verschlagen?", hakt sie nach und sieht mich dabei nun an.

Langsam komme ich wieder zu Sinnen und starre dabei nun sie an. Unsere Blicke treffen sich, ihr Blick ist leer und müde.

„Ich glaub, ich nehme das Brot mit Eierspeise", sage ich geistesabwesend.

„Ok, das nehme ich auch", erwidert sie wie so oft.

„Kann ich mal deine Speisekarte haben?", frage ich.

Elsa lacht kurz. „Glaubst du, bei mir steht was anderes drin als bei dir?"

„Wer weiß, wer weiß ...", murmle ich vor mich hin.

Tatsächlich. In ihrer Speisekarte sieht alles normal aus:

Engerlinge auf Blattsalat*****
180 kcal, Lebensguthaben: +20 Tagespunkte
Eiweiß für die Muskulatur, Rohkost für die Verdauung

Pilzsuppe****
150 kcal, Lebensguthaben: +10 Tagespunkte
Gemüse für die Verdauung und das Immunsystem,
weitere Inhaltsstoffe: psychodelische Komponenten für gute Laune
(Achtung: laut Verordnung der m8 nur 1x pro Tag erlaubt!)

Brot mit Eierspeise****
428 kcal, Lebensguthaben: +15 Tagespunkte
Eiweiß für die Muskulatur, Kohlenhydrate für die Verdauung, Gemüse und Gewürz für das Immunsystem

Flüssige dunkle Schokolade auf Wurmmehlkuchen**
670 kcal, Lebensguthaben: +3 Tagespunkte
Eiweiß für die Muskulatur, die restlichen Inhaltsstoffe beinhalten Suchtgefahr

Feste weiße Schokolade*
985 kcal, Lebensguthaben: –10 Tagespunkte
Für tagesaktuelle Speisen fragen Sie bitte beim Personal nach.

Eine KI rollt an unseren Tisch.

Wir geben unsere Bestellung auf und ich bin noch immer von der Rolle.

Tag verronnen, Nacht begonnen, Nacht vorbei. Guten Morgen.

Ich begebe mich in meine Arbeitsstätte. Im Hinterkopf läuft wie ein Banner-Band: „WETs, WETs, WETs. Wer ist WETs?"
Mit der lautlosen Schwebebahn geht es quer durch die Stadt in die Verunreinigungsaufsichtsbehörde. Ein wichtiger Tagespunkte-Job, um die Umwelt sauber zu halten. Tagespunkte haben das Geld als Zahlungsmittel Mitte der 2050er abgelöst. Jeder verdient pro Job gleich viele Tagespunkte. Das hat den Vorteil, dass jeder Bürger jene Tätigkeiten ausführt, die ihm selbst am nächsten kommen, die sein Sein spiegeln. Ohne die Falle, mehr als andere verdienen zu müssen, um etwas darzustellen, obwohl man für die Aufgabe gar nicht geeignet ist und nur aufgrund von Ausbildungen oder Einbildungen einen gewissen Verdienststatus erworben hat.
Je mehr Tagespunkte, desto gesünder ist man im physischen wie psychischen wie physiologischen Bereich. Durch empfunden sinnvolle Aufgaben fühlt man sich ausgeglichener und das wirkt sich auf das ganze menschliche Dasein aus. Ebenso durch hoch dosiertes Tagespunkte-Essen. Aber nicht nur das. Tagespunkte regeln auch Freiräume eines jeden Einzelnen. Je mehr man hat, desto mehr Freiheiten hat man. Die meisten sind hochmotiviert, ein möglichst hohes Tagespunkte-Konto zu besitzen. Diejenigen, die wenig Tagespunkte haben oder sogar in den Minusbereich schlittern, sind jene, die sich irgendwann von den Dächern stürzen.
So weit will ich es gar nicht kommen lassen.

Die Schwebebahngarnitur ist alle drei Meter mit dachwärtigen Schiebetüren ausgestattet. Genügend, damit es im Auffangraum gleich nach den Türen zu keinem Gedränge kommt. Die Zweiersitze befinden sich mittig hintereinander an der Längsachse der Schwebebahn. Aus der Geschichte wissen wir, dass in alten U-Bahnen laut Statistik jede dritte Person mit Panik zu kämpfen hatte, weil die Türen zu weit auseinander waren. Die wenigsten wollten sich in den Mittelteil begeben, aus Angst, nicht rechtzeitig zur Tür zu kommen. Außerdem fühlte man sich im Mittelteil eingesperrt. Ohne Luft. Ohne Ausweg. Meistens entstanden genau dort Menschenlöcher, weil sich alle in der Nähe der Türen versammelten.

„STATION BEHÖRDENALLEE", tönt es klar und deutlich aus dem Schwebebahnlautsprecher.

Das sind meine Stichworte, die mich automatisch aussteigen lassen.

Die Straße ist links und rechts gesäumt mit dicken, hellgrauen Gebäuden. Im Aussehen sind sie fast nicht zu unterscheiden.

Gleich dem zweiten Gebäude nach der Ausstiegsstation bin ich zugeordnet.

„VUAB – Verunreinigungsaufsichtsbehörde" – steht in großen grünen Buchstaben über dem Eingang.

Darunter ist ein kleines Schild zu erkennen:

„Die Verunreinigungsaufsichtsbehörde beaufsichtigt Vorgänge
in der Bevölkerung, die zu Verunreinigungen führen. Wird eine
solche gesichtet, kommt es zur Anordnung einer Schulung, die
ausnahmslos jeder Bürger am selben Tag verpflichtend zu absolvieren hat. Bei wiederholtem Mal erfolgt eine Tagespunkte-
abzugsstrafe zusätzlich zur Nachschulung.

Die Erstschulung beträgt –50 Tagespunkte, welche dem Verunreiniger vom Tagespunktekonto abgezogen werden.

Die Nachschulung beträgt –80 Tagespunkte, welche ebenfalls
dem Verunreiniger vom Tagespunktekonto abgezogen werden.

Die Tagespunktestrafen werden je nach Schweregrad der Ver-
unreinigung ermittelt und basieren auf dem jährlich angepass-
ten VU-Index (Verunreinigungsindex).

Die Schulungen finden in den VUAB-Gebäuden statt, welche
flächendeckend im ganzen Land angesiedelt sind.

Für weiterführende Informationen besuchen Sie unsere Home-
page www.VUAB.bbm.

Stand: Herbst 2067."

Vor dem Eingang drängen sich schon Menschen, die ihre Schulung oder Nachschulung absolvieren wollen. Müssen.

Mein glücklichster Tag wird sein, wenn ich diesen Job verlie-
re, denn das würde bedeuten, dass es die Spezies geschafft hat,
keine Verunreinigungen mehr zu verursachen.

„Guten Morgen, Kai", sage ich freundlich zum Empfangsmitar-
beiter und verschwinde im dicken Gebäude.

Tag verronnen, Nacht begonnen.
Aufgewacht.

Ohne Schweiß.
Ich belächle mich selbst und murmle vor mich hin: „Das hat ja
fast schon Routine."
Mein Mensch schläft.

Wie immer.

Wie alle.

Wie alle?

Mir dämmert, dass es auch noch andere Menschen geben könnte, die nachts erwachen.

So wie ich.

Ich gebe meinem Menschen einen behutsamen Kuss auf die Schulter.

Im Spiegel an der Wand sehe ich das blaue Etwas zum Fenster hineinlugen.

Wie letztens.

Diesmal erschrickt es nicht.

Ich auch nicht.

Ich drehe langsam meinen Kopf in Richtung Fenster.

Mein restlicher Körper folgt.

Ich stehe auf.

Mein Rattenlicht bleibt finster.

Der Knauf vom Fenster quietscht leise beim Drehen.

Ich öffne das Fenster.

Das blaue Etwas ist noch immer da.

Ich winke es herein.

Es klammert sich an den Fenstervorsprung.

Es ist anscheinend die Wand hochgeklettert.

Es ist so blau.

Entzückend.

Ich lächle.

Es lächelt.

Ich sage: „Warum bist du so blau?"

Es sagt: „Wir sind alle so blau."

Ich sage: „Ach so? Von euch gibt es noch mehr?"

Es sagt: „Ja."

Ich sage: „Warum seid ihr so blau?"

Es sagt: „Weil wir die WETs sind."

Dann lässt es den Fenstervorsprung los
und springt leicht wie eine Feder auf den weißen Beton hinab,
bevor es mit großen Schritten davonsprintet.

Nacht verronnen, Tag begonnen
Guten Morgen.

Heute treffe ich Elsa auf Kaffee und Kuchen im „Kalories".
„Heee, du bist ja schon da", hechle ich Elsa entgegen.
„Ja, ich konnte nicht mehr schlafen, also hab ich mich auf den
Weg gemacht."
Ich begebe mich zur sündigen Theke. Elsa trottet hinterher.
Kuchen, Torten, Kekse in allen Variationen.
Ich halte den Touchscreen meiner Handinnenfläche an den QR-
Code der Zitronen-Schoko-Torte.
„429 kcal, Punkteabzug –20" leuchtet es in meiner Handin-
nenfläche.
„Naja", denke ich, „so notwendig habe ich es noch nicht ..."
„Was nimmst du?", frage ich Elsa.
„Ich weiß es nicht. Und du?", ist ihre immerwährende Antwort.
Das gleiche Spiel von Mal zu Mal.
Ist sie frei oder willig?", kreist es in meinem Kopf.
„Also gut, ich nehme ..." Mein Kopf pendelt vor der Vitrine hin
und her.
„Topfen-Mürbteig-Schnitte mit frischem Obst."
„Ja, das klingt gut, das nehme ich auch", tönt es aus Elsas Mund.
Es war auch nicht anders zu erwarten.
Wir halten unsere Touchscreens an den QR-Code, um zu bezahlen.
„218 kcal, –5 Tagespunkte", lese ich an der Kasse
Die KI-Servierkraft rollt mit unserer Süßspeise und einer Kan-
ne Kaffee an.
Einmal pro Woche bekommt man den Kaffee kostenlos. Das
finde ich sehr großzügig.
Elsa schaut verzwickt, während ich genüsslich an meiner Top-
fen-Obst-Mürbteig-Schnitte rieche.
„Du, sag mal, kann ich dich was fragen?", rückt sie nun endlich
mit der Sprache raus.
„Sicher. Immer", gebe ich knapp zur Antwort.
„Ich hab mir so Tabletten besorgt. Im Netz. Aber ich weiß nicht
recht, ob ich die nehmen soll. Meine Laune will überhaupt nicht

mehr in die Höhe gehen. Das Leben macht mir überhaupt keine Freude."

„Zeig mir mal diese Tabletten", bitte ich Elsa.

Sie übergibt mir eine hellblaue Packung mit der Aufschrift „Leben".

Neugierig öffne ich den kleinen Karton und entnehme die Gebrauchsanweisung.

Ich beginne zu lesen:

GEBRAUCHSINFORMATION: (menschliches) LEBEN

Lesen Sie die gesamte Packungsbeilage sorgfältig durch, bevor Sie zu leben beginnen, denn sie enthält wichtige Informationen.

- *Heben Sie die Packungsbeilage auf. Vielleicht möchten Sie diese später nochmals lesen.*
- *Wenn Sie weitere Fragen haben, wenden Sie sich an einen Therapeuten und/oder an Ihr Inneres.*
- *Dieses Leben wurde Ihnen persönlich verschrieben. Geben Sie es nicht an Dritte weiter. Es kann anderen Menschen schaden, auch wenn diese die gleichen Beschwerden haben wie Sie.*
- *Wenn Sie Nebenwirkungen bemerken, wenden Sie sich an Therapeuten, Ernährungsberater und positiv gestimmte Menschen.*
- *Dies gilt auch für Nebenwirkungen, die nicht in dieser Packungsbeilage angegeben sind. Siehe Abschnitt 4.*

Was in dieser Packungsbeilage steht
1. *Was ist Leben und wofür wird es angewendet?*
2. *Was sollen Sie vor Beginn des Lebens beachten?*
3. *Wie ist das Leben zu leben?*
4. *Welche Nebenwirkungen sind möglich?*
5. *Wie ist das Leben aufzubewahren?*
6. *Inhalt des Lebens und weitere Informationen*

1. Was ist Leben und wofür wird es angewendet?

Leben ist ein Aggregatszustand und eine Zeitspannen-Definition der Spezies Mensch.

Es beginnt mit der Geburt und verändert die Form mit dem Tod.

Das Leben hat unterschiedliche Zeitlängen, ist in verschiedene Abschnitte unterteilt und kann schön oder nicht schön sein.

Es wird von Mensch zu Mensch unterschiedlich gelebt, interpretiert, gemocht, geachtet, genutzt oder verschwendet.

Jedes Leben ist sein eigenes Universum und vermengt oder überschneidet sich mit Leben der anderen.

Der Mensch kann es für unzählige Möglichkeiten und Eigenentwicklungen nutzen.

Es bleibt jedem selbst überlassen, wofür er/sie/es das Leben verwenden möchte.

Manche leben das Leben eines anderen Menschen und finden ihr eigenes nicht.

2. Was sollen Sie vor Beginn des Lebens beachten?

Leben darf nicht gelebt werden,

- *wenn Sie es nicht möchten*
- *wenn Sie anderen schaden wollen*
- *wenn sie nicht wissen, wozu Sie leben.*

Warnhinweise und Vorsichtsmaßnahmen

Bitte sprechen Sie mit sich selbst, bevor Sie zu leben beginnen.

Besondere Vorsicht bei Beginn des Lebens ist erforderlich,

- *wenn Sie unachtsam mit sich und Ihrem Körper umgehen*
- *wenn Sie sich und anderen keine Grenzen setzen*
- *wenn Sie unmenschlich sind.*

Kinder und Jugendliche

Es besteht keine Gefahr für Kinder und Jugendliche, ihr Leben zu leben.

Vorsicht ist geboten, wenn sich unmenschliche Erwachsene in das Leben von Kindern und Jugendlichen fressen!

Sollten Sie derartige Verhaltensweisen beobachten, melden Sie dies bitte unverzüglich an die zuständige Stelle.

Leben des Lebens zusammen mit anderen Leben

Wechselwirkungen mit anderen Leben sind ausdrücklich erwünscht und erstrebenswert. Es bereichert das eigene Leben, erweitert den Horizont und fördert das Verständnis anderen Menschen gegenüber. Im Idealfall entstehen daraus angenehme Emotionen, die das Leben lebenswert machen.

Leben des Lebens zusammen mit Nahrungsmitteln und Getränken

Auf biologische, abwechslungsreiche Lebensmittel ist unbedingt zu achten, damit der menschliche Körper optimal und weitgehend giftstofffrei versorgt wird. Erst wenn dieser Grundstein gelegt ist, kann Leben stattfinden.

Flüssigkeiten sind im besten Fall zuckerfrei zu sich zu nehmen, damit eine dauerhafte schadstofffreie Versorgung des Körpers stattfinden kann.

Schwangerschaft, Stillzeit und Fortpflanzungsfähigkeit

Leben ist Grundvoraussetzung dafür, dass Schwangerschaft, Stillzeit und Fortpflanzung überhaupt entstehen können.

Demzufolge beeinträchtigt das Leben diese drei Punkte nicht.

Verkehrstüchtigkeit und Fähigkeit zum Bedienen von Maschinen
Ohne Leben könnte man weder am Verkehr teilnehmen noch Maschinen bedienen.

3. Wie ist Leben zu leben?

Wenn Sie mehr gelebt haben, als Sie sollten
Wenn Sie mehr gelebt haben, als sie sollten, besteht keine Gefahr. Je mehr Sie leben, umso besser.

Wenn Sie vergessen haben, zu leben
Das wäre sehr traurig! Umso wichtiger ist es, dass Sie das gerade lesen. Beginnen Sie JETZT, zu leben.

Wenn Sie das Leben abbrechen
Es ist allein Ihre Entscheidung und Ihr Recht, zu bestimmen, ob und wann Sie das Leben abbrechen.
Im Falle eines Abbruches wird sich Ihr Sein verändern. Das Fortfahren des bisherigen Lebens nach Abbruch ist nicht mehr möglich.

4. Welche Nebenwirkungen sind möglich?
Während des Lebens treten folgende Nebenwirkungen in Erscheinung:
Freude, Kummer, Angst, Wut, Ekel.
Am häufigsten wird jene Nebenwirkung auftreten, welche Sie füttern.

Meldung von Nebenwirkungen
Sie können Nebenwirkungen jedem melden und so im kommunikativen Austausch in Erfahrung bringen, wer welche Nebenwirkung am meisten gefüttert hat.
Möglicherweise hat es positiven Einfluss auf Ihre eigenen Nebenwirkungen.

5. Wie ist das Leben aufzubewahren

Wenn Sie umsichtig handeln, wird es für Ihr Leben am bekömmlichsten sein.

Bewahren Sie es sanftmütig und mit einem Schuss Leichtigkeit, der wertfreien Intuition folgend.

6. Inhalt des Lebens und weitere Informationen
Was das Leben enthält

Das Leben enthält alles und nichts zugleich. Es wird das sichtbar, wohin Sie Ihre Aufmerksamkeit lenken.

Wie das Leben aussieht und Inhalt des Lebens

Das Leben ist ein Verwandlungskünstler und kann daher recht unterschiedlich aussehen. Es lässt sich nicht festmachen. Es ist frei.

Aus philosophischer Sicht ist der Inhalt Ihres Lebens jener, den Sie ihm geben.

Aus wissenschaftlicher Sicht ist der Inhalt Ihres Lebens physiologisch, psychologisch, biologisch, technisch, digital, mental.

Verfasser und Hersteller

Verfasser: WETs
Hersteller: WETs Foundation

Diese Packungsbeilage wurde zuletzt überarbeitet im Jänner 2066.

Angespannt starrt Elsa in mein Gesicht.
„UND?"
In ihrem „UND?" liegen Erwartung, Angst und Hoffnung zugleich.
Beruhigend regnen meine Worte auf sie nieder wie ein sanfter Frühlingsregen: „Du kannst ja mal eine probieren und schauen, wie du dich fühlst damit. Sie werden dich sicher nicht umbringen! Wie mir scheint, sind sie mentaler Herkunft. Ohne Chemie. Das wirkt dann sowieso nur, wenn du es zulässt."

Während Elsa denkt und abwägt und denkt und abwägt und in der Entscheidungsschleife hängt, fliegen meine Gedanken zu den letzten Zeilen der Gebrauchsanweisung.

Wer sind diese WETs?

Insgeheim sehne ich mich der Nacht entgegen. Eine Nacht, in der ich mir wünsche, aufzuwachen.

Tag verronnen, Nacht begonnen.

Aufgewacht.

Blick zu meinem Menschen.

Schläft.

Blick zum Fenster.

Das blaue WET lächelt mir entgegen.

Ich öffne das Fenster.

Das Wesen wirft ein kleines Büchlein in den Raum und Schwups, ist es wieder weg, das WET.

Voller Neugierde werfe ich mich auf die Couch und beginne, im Buch zu blättern:

... als die Welt im Umbruch war, bildete sich eine an-
dere, eine neue Art von Menschen ... die WETs ... blau,
nass, warmherzig, sanftmütig, furchtlos ... schlak-
siger Körperbau ... verhältnismäßig große Hände
und Füße ... Schwimmhäute ... Haare zu Berge ste-
hend ... nackig, nur mit einem kleinen Algenhöschen
bekleidet ...
weltkollektives Chippen ... viele flüchteten aus den
Städten, hin zu den Gewässern, versteckten sich zu-
nächst in Wäldern ... Föten in der Gebärmutter sind
neun Monate im Fruchtwasser ... Geburten fanden im
Wasser statt ... Neugeborene blieben im Wasser und
konnten sich dort weiterentwickeln ... über Jahrzehn-
te wuchs eine neue Gesellschaft heran ... ungechippt,
im Wasser lebend, blaublütig, die Weltentwicklung
beobachtend ... das Korrektiv der am Land lebenden

Menschen ... zwei Boten, die Sprinter genannt, wechseln vom Wasser an Land, um Botschaften überbringen zu können ... einmal dazu entschieden, können sie nicht mehr ins Wasser zurück ... sie leben in der ständigen Gefahr, erwischt zu werden, sind meist nur nachts unterwegs ...

Meine Augen werden mit jeder Seite größer und größer, mein Mund steht sprachlos offen und in mir regt sich Abenteuerlust.

Auf der letzten Seite finde ich folgende Zeilen:

Samen säen
Es war die Zeit gekommen, wo danach nichts mehr so sein würde, so sein konnte wie davor.

Es war an der Zeit, Samen zu säen. Für eine neue Zukunft. Für eine bessere Zukunft.

Wie wäre wohl eine Welt, in der Rille für Rille gesetzte Samen Wurzeln schlagen würden, damit eine zarte, zugleich starke, neue Ordnung heranwachsen könnte? Manche Samen würden auch wild aufgehen, das wäre dann die besonders kräftige Ordnung. Die neue Welt würde so aussehen: achtsam, aufmerksam, wachsam, wirksam, mitteilsam, unbeugsam, unduldsam, unwegsam, wundersam, zaubersam, unaufhaltsam, unterhaltsam, behutsam, bedeutsam, genügsam, erholsam, heilsam, zweisam, für manche einsam, in richtigem Maße arbeitsam, hoffentlich nie grausam oder gar gewaltsam. Lasset sie uns säen, die Samen.

JETZT!

Ich klappe das Büchlein zu, als plötzlich ein Zettel herausfällt:

... alter Stadtteil ... Friedhof... wer erkennen will, sollte sein Grab suchen ...

„Häääääähhhhh????? Was soll das jetzt bitte heißen?"
„Mein Grab suchen? Wie soll das gehen?", sage ich laut zu mir selbst.
Entsetzt und gleichzeitig voller Erwartungen fiebere ich dem kommenden Tag entgegen, um mich auf die Suche zu begeben.

Nacht verronnen, Tag begonnen
Guten Morgen.

„Guten Morgen, mein Mensch, gut geschlafen?"
„Ja, war ganz ok. Kaaaafffeeeeee!"
„Du, Mensch, kennst du vielleicht den Friedhof im alten Stadtteil?"
„Ja, aber nur vom Hörensagen. Dort war ich noch nie. Da haben sie damals, also vor unserer Zeit noch, so digitale Sachen ausprobiert."
„Wie meinst du das, digitale Sachen ausprobiert?"

„Naja, da hatte jemand die Idee, von noch lebenden Menschen die Stimmen aufzunehmen. Während dieser Aufnahmen sprachen die Menschen über Dinge, Begebenheiten, Hobbys, Gepflogenheiten, Urlaube, Gefühle, einfach über all das, das ihnen am wichtigsten war im Leben aus der Sicht des Rückblicks. Das wurde dann digitalisiert und wenn der Mensch verstarb, installierte man diese Aufnahmen am Grabstein. So konnten Angehörige, Freunde, Bekannte wie Unbekannte auf einen Knopf drücken und die Stimme des Verstorbenen offenbarte dessen Lebenssinn. So hatte man endlich eine Stimme zu den Gesichtern, die bis dahin so oft alleine am Grabstein prangten."

„Aha. Sehr spannend, das wusste ich gar nicht."

„Warum willst du das überhaupt wissen?"

„Ich muss dort hin. Ich möchte dort hin. Unbedingt. Kommst du mit?"

„Ja, ich kann dich schon begleiten. Heute?"

Ich kann mir ein Grinsen nicht verkneifen.

„JA. HEUTE!"

Wir stärken unsere Körper mit +30 Lebensmittelpunkten und +/−0 Getränkepunkten und machen uns auf den Weg. Diesmal mit unseren Fahrrädern.

Zwischen den weißen Häuserschluchten brausen wir quer durch die Stadt.

Geradeaus.

Links.

Rechts.

Rechts.

Geradeaus.

Rechts.

Links.

Rechts.

Links.

Links.

Geradeaus.

Durch einen Durchgang.

Über einen Platz.

Links.

Rechts.

Geradeaus.

„HALT", schreie ich, „ZURÜCK zum Platz von vorhin."

„Warum denn das?", fragt mich mein Mensch verwundert.

„Das wirst du gleich sehen", erwidere ich.

Wir fahren einen Halbkreis und sind im Nu in die entgegengesetzte Richtung unterwegs.

Am Platz angekommen, springe ich von meinem Fahrrad und aktiviere meinen Firmenausweis auf meinem handinnenflächigen Touchscreen.

„Verunreinigungsaufsichtsbehörde. Ihre Ausweise, bitte." Mein strenger Ton erstaunt mich selbst.

Zwei Menschen mittleren Alters blicken mich verächtlich an.

Mein Mensch lehnt am Rande des Platzes an der weißen Hausmauer.

Genau wie ihr Fahrrad.

Und beobachtet die Situation.

Daneben angebracht, wie an allen Ecken der Stadt, der Duo-Müllbehälter in blitzendem Silber. Nicht nur in Erwachsenenhöhe, auch in Kinderhöhe. Damit schon die Kleinen damit aufwachsen und lernen, dass Müll in den dafür geeigneten Behälter gehört. Dann sollte es im Erwachsenenalter ganz selbstverständlich sein, diesen auch zu verwenden. Bis auf die Uneinsichtigen.

Die zwei Menschen mittleren Alters halten mir widerwillig ihre handinnenflächigen Touchscreens entgegen.

„Sie wissen, was Sie sich zuschulden kommen lassen haben?", frage ich monoton.

„Ja. Wir glauben schon. Es war versehentlich. Wirklich."

„Wie kann man versehentlich Abfall auf die Straße schmeißen? Ihr wisst, dass das Folgen hat?"

Wortlos starren sie mich an.

„Also... Agnus M843m7 und Teflona S925s4 ... beide nur noch 21 Tagespunkte ... nach Abzug von je 50 Nachschulungs-Verunreinigungspunkten ... macht das ein Minus von je 29 Tagespunkten. Das heißt für euch: sofort ab in die Nachschulung.

Danach meldet ihr euch umgehend bei eurem Tagespunkte-Begleiter, damit ihr noch heute eine Tat vollbringt, die euch 30 Tagespunkte ins Plus bringt, ansonsten schaut es nicht gut aus für euch. Aber so was von nicht gut! Abmarsch!"
Die Verachtung in ihren Blicken ist gewichen.
Wie kleine, tollpatschige Welpen hecheln sie in Richtung Schwebebahn.
„Da freut sich jemand", wirft mir mein Mensch entgegen.
Grinsend schwinge ich mich auf mein Fahrrad.
„Es tut gut, die Straße von Schädlingen frei zu machen. Ich hoffe, es war ihnen eine Lehre und sie passen in Zukunft besser auf ihre Umwelt auf. Unverständlich ist so etwas für mich. Unverständlich."
Mein Touchscreen erhellt sich und meine Augen lesen flüchtig:
„+100 Tagespunkte für das Ergreifen von zwei Umweltsündern."

Der Friedhof liegt auf einem Hügel am Rande der Stadt, umgeben von einer menschhohen Steinmauer. Am eisernen Eingangstor ist ein Schild befestigt: „Friedhof der Stimmen".
In der Mitte des Friedhofs steht ein Baum. Ein Baum mit einem einzigen Blatt. Ich bin verwundert und zutiefst berührt, dass es ihn gibt. Ich habe in meinem Leben noch nie einen Baum gesehen.
An der alten Rinde des Baumes ist ein Schild befestigt: Baum der Vergangenheit.
Die Luft flimmert rot vor Hitze.

Mein Mensch und ich sehen uns schweigend an, während wir uns bedächtig an den Gräbern vorbeibewegen.

Nach ein paar Minuten halte ich an einem Grab inne. Schaue mir das Foto an. Drücke den silbernen Knopf.

„Hallo Leute. Ich bin Hedi. Wenn ihr das hört, bin ich dahin. Hihihi. Aber das wird noch dauern. Ich bin ja erst 26 Jahre alt. Hihihi. Ich habe ein tolles Leben. Viele Freunde, viel Geld, viel Party. Mit meiner Luxusyacht schipperte ich von Land zu Land. Montevideo, Dubai, Elfenbeinküste. Herrlich. Immer schöne Männer um mich herum. Ich hoffe, ich kann noch lange leben."

Unter dem Foto ist ein Satz zu erkennen, fast verblichen, gerade noch lesbar:

Hedi verstarb einen Tag, nachdem die digitale Aufnahme gemacht wurde.

„Geld war nicht alles, aber alles kostete Geld", sinnierte mein Mensch, „das ist jetzt anders."

Ein paar Reihen weiter verharren wir erneut.

Ein Mann ist auf dem Foto zu sehen. Aufgedunsen und rot. Mein Mensch drückt den silbernen Knopf.

„Räusper, räusper. Ja ... also ... i bin da Mottl. Am liabstn hau i ma an Schnaps hinta die Binsn. Damit i nix gspiar. Mei Weib hot mi valossn, ka Oabeit hob i. Ok. Ok. I vasuach sche z'redn. Leiden tua i. Tot warat ma liaba als leben. Oba da kon ma nix mocha. I muass woatn, bis es so weit is. Vielleich passiert no a Wunder. Am liabstn geh i ins Casino. Geld hob i zwoar kans mehr, oba vielleicht gwinn i irgendwann den Jackpot. Dann kon i mir jede Frau da Wöd kaufen und den teierstn Schnaps und Champagner und die Oabeit kann mir gstohlen bleiben. Habens das alles aufgenommen? Also machen's schon. Des muass die Nachwelt erfahren. Die Stimme des Mottl wird ewig leben."

Mit hochgezogenen Augenbrauen staunen wir in die Friedhofsluft. „Puh, die Hoffnung stirbt zuletzt", murmelt mein Mensch. „Die Hoffnung stirbt nie", kontere ich, „Hoffnung kann nämlich gar nicht sterben."

Auf dem Grabstein gleich daneben ist eine hübsche Frau mittleren Alters gerade noch zu erkennen.
Ich drücke den silbernen Knopf.
„Guten Tag, sehr geehrte Nachwelt. Mein Name ist Angelika. Ich bin eine unabkömmliche Person der Firma Digital News. Bei einer 100-Stundenwoche vergeude ich keine Zeit für sonstige Aktivitäten. Der neue Sinn, der Zeitgeist liegt nicht im sozialen Miteinander, nicht im Kreativen, sondern darin, etwas zu leisten. Leistung ist das einzige, das wirklich zählt! Man bringt es zu unglaublich viel Geld, Anerkennung und Macht. Schließlich trage ich auch viel Verantwortung und bin sehr pflichtbewusst. Dann, in der Pension, kann ich mich um andere Dinge kümmern, zu denen ich jetzt nicht komme. Die möglicherweise mehr Spaß machen. Salut. Ich habe keine Zeit mehr, ich muss jetzt weiterarbeiten."
Ein kleines Hinweisschild lässt uns erschaudern:
... „Die ambitionierte Dame erlebte ihre Pension leider nicht"...

„Drum lebe jeden Tag, als wäre es dein letzter", murmelt mein Mensch.

„Das wäre ja sehr traurig", kontere ich, „in diesem Wissen tät ich am letzten Tag nichts mehr tun wollen, außer mich auf die Zustandsveränderung vorbereiten.
Ich bin lieber für: Lebe jeden Tag, als wäre es dein erster. Neugierig sein und offen für alles. Und: Jetzt die Dinge tun, nicht in die Zukunft schieben. In der Art von: Kaum gedacht, schon gemacht!"

Ein ganz kleiner Grabstein im Eck macht mich neugierig.
Ich drücke den silbernen Knopf.
„Hallo alle zusammen. Was ich mich schon mein ganzes Leben lang frage, ist:
Kann ich in meinem Testament verfügen, dass mein Erbe eine Person ist, die erst geboren wird?
Also zum Beispiel:
Erben soll jener Mensch, welcher am 12.01.2073 in den Abendstunden in Wien geboren wird.
Sollte ich bis dahin gestorben sein, an Reinkarnation glauben und an diesem 12.01.2073 wiedergeboren werden,
wäre ich selbst mein Erbe.
Meine Frau meint, ich habe eigenartige Gedankengänge.
Vielleicht werde ich einmal einen Anwalt oder Notar dazu befragen.
Pfiat euch."

Ein paar Reihen weiter entdecke ich das Grab eines Politikers.
„Sehr verehrte Damen und Herren, liebe Freunde, es ist mir eine Ehre, euch meine Stimme zu hinterlassen. Während der Aufnahmen wurde mir bewusst, dass ich mein Leben lang falschen Werten hinterhergerannt bin. Ich wollte Macht und Ansehen und Aufmerksamkeit, indem ich andere Länder durch Krieg zu erobern versucht habe. Ja, ich habe meine Landesgrenzen erweitern können. Aber was ist zurückgeblieben? Tote Menschen. Zerstörte Städte. Der Krieg hat viel Geld gekostet, der Wiederaufbau hat viel Geld gekostet. Menschen sind geflüchtet. Viele davon haben sich woanders ein neues Leben aufgebaut. Mir fehl-

ten auf einmal nach dem Krieg die ausgebildeten Leute. Hauptsächlich Alte und Kranke und Kriegsversehrte sind in den eroberten Ländern zurückgeblieben. Das war also mein Gewinn zu Lebzeiten. Äußerst kläglich. Im Nachhinein betrachtet, macht keine meiner Eroberungen auch nur irgendeinen Sinn. Unzufrieden werde ich von dieser Welt gehen, aber klüger als zuvor. Darum, sehr verehrte Damen und Herren, liebe Freunde der Politik, wägt ab, denkt nach, denkt voraus, denkt an die anderen, und vor allem, denkt über euch selbst nach, bevor ihr die nächsten Schritte einleitet. Die Position eines Politikers ist leider zu wichtig und zu einflussreich, als dass man diese seine Position aus egoistischen Selbstansprüchen benutzt, um sein Verhalten aufgrund von Aufmerksamkeitsdefiziten auszugleichen. Guten Abend."

Hinter dem Politiker zeigt sich mir ein unscheinbarer verwachsener Grabstein.

„Hallo. Ich bin Quen. Auf mich hört zwar niemand, aber ich finde trotzdem:

Diese Wirtschaft gehört abgeschafft. Alles soll immer wachsen und wachsen und wachsen. Wohin soll das alles bloß wachsen? Der Mensch sollte lieber wachsen. An seinen Aufgaben. Wenn das hier alles so weitergeht, wird es in Zukunft keine Natur mehr geben. Die Wirtschaft wird sie aufgefressen haben, um wachsen zu können. Wobei – um die Natur mache ich mir eigentlich keine Sorgen. Die Natur ist wandelbar, hat sich in all den Millionen Jahren immer zu helfen gewusst und überlebt. Die Menschheit ist in Gefahr! In Wirklichkeit müsste es nicht Klimakrise, sondern Menschenkrise heißen. Denn wir sind diejenigen, die an Umweltkatastrophen und Hungersnöten leiden und sterben. Wobei, wenn ich es mir so recht überlege, ist es vielleicht gar nicht so verkehrt, wenn die Menschheit ausgerottet wird. Dann kann sich der Planet wenigstens wieder erholen! Statt Klimawandel ist das Losungswort Menschenwandel. Nicht alle können eine Verbindung zu etwas anderem als zu sich selbst herstellen. Klima wird viele nicht berühren, denn das Wort hat ja nichts mit einem selbst zu tun. Man fühlt sich einfach nicht betroffen. Mensch hingegen ist man selbst. Vielleicht sollte man viele der Worte auf Mensch ummünzen, damit es auch wirklich alle Menschen verstehen. Was mich auch beschäftigt: Menschen werden Verbraucher genannt. Also verbrauchen sie. Ressourcen, Rohstoffe. Nahrungsmittel. Und so weiter. Warum werden Menschen nicht Nutzer genannt? Vielleicht würden wir dann Dinge nicht verbrauchen, sondern nutzen und dadurch eine Gedankenwende einleiten. Verbraucherpreisindex wird zum Nutzerpreisindex. Ich bin Quen und ich bin schon sehr neugierig, wie es auf diesem Planeten sein wird, falls ich wieder hier sein werde. Tschüss einstweilen."

Etwas weiter vorne, neben dem Baum, liegen ein russischer Physiker und ein ukrainischer Philosoph begraben. Sie waren ein Paar. Ich drücke interessiert den Knopf:
„Wenn wir in den Himmel, also in den Makrokosmos schauen und die Sterne sehen, sehen wir im Prinzip die Vergangenheit. Das Licht braucht so lange bis zur Erde, dass der Stern längst nicht mehr existiert, wenn uns sein Licht erreicht."
„Könnte das bedeuten, wenn wir in die kleinsten Zellen, also in den Mikrokosmos schauen, dass wir die Zukunft sehen?"
Nun stimmen beide gleichzeitig ein: „Bleibt neugierig und wach. Viel Spaß in der Zukunft."

Ein alter Grabstein hängt schief in der Gegend herum.
Vom jahrelangen Wettertreiben gezeichnet, kann ich gerade noch das Jahr erkennen: 2002.
Der abgebildete Mensch kommt mir irgendwie bekannt vor.
Ich drücke den silbernen Knopf.
Die Stimme kommt mir – ebenso – irgendwie bekannt vor:
„Hallo du! Oder sollte ich lieber sagen: Hallo ich?
Hast du schon einmal überlegt, was Zeit ist? Oder sein kann, abseits der ausgetretenen Denkwege?
Bekannt ist schon, dass unser Gehirn Vergangenheit, Gegenwart und Zukunft nicht auseinanderhalten kann. Es kennt ausschließlich die Gegenwart.

Alles, was in Gedanken passiert, ordnet das Gehirn in ‚passiert jetzt' ein.

Der Körper reagiert entsprechend darauf, ruft emotionale Zustände hervor.

Der Mensch erlebt jetzt, also in der Gegenwart, Angst, Freude oder was auch immer.

Das bedeutet: In uns = Gehirn = denken = Gegenwart = Auswirkung auf Körper.

Bekannt ist auch, dass im Universum für uns Menschen nur die Vergangenheit existiert, da das Licht so lange braucht, bis es auf die Erde trifft, dass alles, was wir im Universum beobachten, zu diesem Zeitpunkt schon vergangen ist.

Gibt es im Außen, also außerhalb des menschlichen Körpers, überhaupt eine Gegenwart?

Es ist permanent alles Vergangenheit und Zukunft zugleich.

Denn was ist außerhalb des Körpers die Gegenwart?

Die Gegenwart könnte die äußerliche Nulllinie von Vergangenheit und Zukunft sein. In jeder noch so kleinen oder großen Sekunde ist die Vergangenheit schon vorüber und die Zukunft ist schon da. Jetzt. Und jetzt. Und jetzt.

Die Vergangenheit könnte zugleich die Zukunft sein und umgekehrt.

Gegenwart = Vergangenheit + Zukunft.

Im Menschen verschmelzen Vergangenheit und Zukunft und werden zur Gegenwart.

Der Mensch selbst, das Ich, könnte die Zeit sein.

Probiere es aus und ersetze in Sätzen das Wort ‚Zeit' durch das Wort ‚Ich'.

Du wirst sehen, der Sinn der Sätze wird eine neue, andere Bedeutung für dich finden.

Der Körper als eine Membran, als durchlässige Grenze zwischen Außen und Innen, damit Zeit fließen kann.

Gleichzeitig. Und zu Quantenwelten werden.

Also wundere dich nicht, wenn du ein Buch in Händen halten wirst, das jetzt noch nicht geschrieben ist. Es wird mit den Worten beginnen:

‚Wir waren live dabei ...'"

Die Stimme war nun erloschen.

Stille.

Ich fühle mich, als ob ich in eine andere Realität katapultiert worden wäre.

Wie in Zeitlupe drehe ich meinen Kopf in alle Richtungen und erblicke auf der Mauer sitzend das WET. Daneben mein Mensch.

Sie blättern in einem Buch.

Ich kann mir denken, mit welchen Worten es beginnt.

Sie lächeln und winken mich ganz aufgeregt zu sich.

Ich setze meinen Körper in Bewegung in dem Bewusstsein, dass das erst der Anfang war. Ist. Sein wird.

Gedankenmalereien

Welt

Jeder lebt in seiner Welt
und doch in Einer.
Menschen kommen und gehen.
Manche wird man nie sehen.
Und doch sind wir alle Eins
und zugleich keins.
Verrückt ist die Welt,
die langsam zerfällt.
In tausend
und keine Stücke.

Zeit

Alles stopft man in die Zeit,
bis am Ende
Nichts,
außer Zeit,
übrig bleibt.

Erkenntnis

Erkenntnis – bleib, wo du bist,
damit die,
die erkennen wollen,
finden.

Erkenntnis – bleib, wie du bist,
damit die,
die finden wollen,
erkennen.

Erkenntnis – erkenne und sei wandelbar,
damit die,
die gefunden haben,
nicht zerstören.

Glaube und Hoffnung

In dem Augenblick,
in dem man spürt
und weiß, was man will,
hat man die für sich richtige Entscheidung getroffen.

Warum glauben an das Wissen,
wenn man weiß,
dass man glaubt?

Warum glauben an die Hoffnung,
wenn man hofft,
dass man glaubt?

Warum glauben an die Liebe,
wenn man liebt,
an was man glaubt?

Warum glauben an den Hass,
wenn man hasst,
indem man glaubt?

Der Liebe Glauben schenkend,
in der Hoffnung wissend,
was der Hass nicht weiß.

Der Unergründlichkeit der Liebe vertrauen,
anstatt zu hoffen,
irgendwann zu wissen.

Gegensätze

Was ihr die Vielfalt,
ist mir die Einfalt.

Was ihr das Leben,
ist mir der Tod.

Was ihr das Spiel,
ist mir der Schmerz.

Retten sollte ich mein Herz.

Zeit

Zeit vergeht,
doch Zeit ist unvergänglich.

Zeit heilt alle Wunden,
doch Zeit ist unverwundbar.

Zeit ist Geld,
doch Zeit ist unbezahlbar.
Unumgänglich.

Geist

Lesen inspiriert den Geist,
Schreiben befreit ihn.

Zeiten

Vergangenes
wird so lange
gegenwärtig
sein,
bis man es
zukünftig
nicht mehr braucht.

Eintönigkeit

Nicht eintönige Regelmäßigkeit,
sondern regelmäßige Eintönigkeit
ist ein Grund,
den Lauf des Lebens
zu verändern.

Leichtigkeit

Nimm das Leben leicht und locker,
dann fällst du nicht so leicht vom Hocker.

Nimm das Leben locker und leicht,
und du wirst abgestempelt als seicht.

Fällst du vom Hocker,
nimm's leicht und locker.

Wirkst du auf andere seicht,
nimm's leicht.

Ein seichter Hocker,
macht's leichter und locker.

Wie man's dreht und wendet –
Eines ist sicher:
Es endet.

Zeitempfinden

Manchmal schreckt es mich,
weil manchmal die Zeit still steht.

Manchmal schreckt es mich,
weil manchmal sich der Uhrzeiger dreht.

Manchmal schreckt es mich,
weil es immer so ist.

Imaginäre Realität

Ist Sein nur Schein?
Und Aktion nur Projektion?
Reale und imaginäre Zeit machen sich breit
in meinen Gedanken,
die sich um die Wette ranken.

In sich

Man wird nicht finden,
wonach man sucht,
wenn man es nicht in sich selbst trägt.

Menschenwege

Wege sind dazu da,
um sich mit Wegen anderer zu kreuzen.

Übrig bleibt
ein Schnittpunkt
namens Zeitpunkt,
je nach Breite des Weges,
die Länge der gemeinsamen Zeit bestimmend.

Lebensweg

Höre die Stille im Kopf zirkulieren,
spüre die Stimme im Herzen vibrieren.
Der Verstand ist ein Band,
mit dem Rest der Welt verbunden,
will die Tiefen aller Seelen erkunden.
Meine Gedanken werden sich bedanken.
Mein Dank gilt den Sinnen,
die solche Gedanken spinnen.
Die Seelen meiner Weggefährten
gehören zu den Aufgeklärten.
Meine Gesinnung
folgt der Bestimmung.

Kein Wort ward noch nie ausgesprochen,
kein Gedanke noch nie gedacht.
Gedanken und Worte
aus der Retorte.

Seelensaiten.
Neue Gedanken und Worte verbreiten.
Die Menschen sind einseitig programmiert.
Sie haben bis heute zu wenig kapiert.
Auch ich bin ein Mensch aus Fleisch und Blut,
das Seelenheil auch mir gut tut.
Und wenn ich nur wüsste,
was Menschen nicht wissen.
Rein soll sein
auf ewig mein Gewissen.
Ewig sein,
das will ich nicht.
Ewig sein hat kein Gesicht.
Ewig ist nur Eins
und sonst Keins.
Oder doch Alle?
Dann ist das eine
Gedankenfalle.

Ich weiß so wenig
und doch zu viel.
Gibt es dafür ein Molekül?
Sind chemische Verbindungen ein eigenes Universum?
Wie unsere Welt,
nur vice versum?
Und es zieht Kreise
auf eine Art und Weise,
die man nicht vergisst,
solange man Mensch ist.

Bin wahrlich berührt.
Irritiert
garantiert.
Enttarnung vollführt.
Das Grundmanifest erschüttert,
an Haie verfüttert.
Die Zeit hat einen anderen Plan.
Welten brechen auf.
Warum hat die Zeit das getan?
Die andere Welt hat ihren eigenen Lauf.
Unbehagen vor der großen Unbekannten,
Inneres umgestalten.
Verlust der Kontrolle.
Disziplin ist ein Wille.
Wohin der Weg auch führen mag,
Treue ist nun angesagt.
Dem Vertrauen trauen
und darauf bauen.
Ihre Welt wird auch die Meinige sein.
Hoffend,
die Enttäuschung schlägt nicht in meiner Seele ein.

Ich habe mich verrannt.
Steh da wie gebannt.
Kann's gar nicht fassen
und auch nicht lassen,
darüber nachzudenken,
einen anderen Weg einzulenken.
Sonst ist meine Seele nackt,
mein Innerstes ausgepackt.
Muss mich verstecken,
bedecken,
sonst muss ich verrecken.

Öffnung zurückziehen
und still vor mich hin sinnieren!
Ich muss mich besinnen,
Illusionen zerrinnen.
Mein Gefühl sagt NEIN
und so soll es sein.

Was stärkt mich?
Was schwächt mich?
Ich kann's mir nicht sagen,
kann's nur ertragen.
Verwirrung?
Oder Irrung?
Mich zieht's in die Fremde.
Doch was bleibt übrig am Ende?

Ordentliche Ordnung gehört her,
sonst tu ich mich schwer.
Nichts ist wahr,
nichts richtig.
Aber alles wichtig.
Wie kann ich vereinen,
ohne zu weinen?

Zu viele Fragen,
zu wenige Antworten.

Bin mittendrin,
mein Kopf ist dahin,
mein Herz schwer,
der Schmerz schmerzt sehr.

Die DNA
wird zur Gefahr.
Hat ein eigenes Leben,
lässt die Menschheit erbeben.
Will man sie klonen,
mutiert sie, ohne uns zu schonen.
Sie ist intelligent,
wir zu dekadent,
um zu erfassen,
wir sollen das Klonen lassen.

Ziellos ist mein Geist,
mein Geist ist dreist.

Trauen

Misstrauen ist gut.
Vertrauen besser.

Misstrauen macht Wut.
Vertrauen Mut.

Lebenslust

Das Leben entdecken,
ohne sich zu schrecken,
ist eine Kunst der Neugierigen.

Das Leben entdecken,
ohne andere zu schrecken,
hingegen keine Kunst der Menschen.

Annäherung

Wir leben in zwei Welten,
wo unterschiedliche Regeln gelten.

Einander trotzdem zu versteh'n
und mit den Augen des anderen zu seh'n,

erfordert Feingefühl.

Erkenntnis

Alles
wissen wir
alle
nicht

M(a)(i)krokosmos

Was wäre,
wenn der Kosmos ein Lebewesen,
die Menschheit die DNA
und jedes Individuum Mensch ein Gen
wäre?
Kosmos potenzierbarer.
Gen spaltbarer.

Zeit

Zeit ist vergänglich.
Zeitpunkte hingegen können unvergesslich sein.
Und so die Vergänglichkeit
für ein Menschenleben lang
unvergänglich machen.

Begegnungen

Manchmal geschieht etwas Besonderes,
das einem unvorhersehbar begegnet.
Es bricht plötzlich in den Tag herein,
in der stillen Frage
nach dem entscheidenden Augenblick
des Ursprungs und des Warum.

Entfesselt

Ich habe mich entfesselt.
Zwar blutet mein Herz,
aber ich fühle mich befreit.
Und nichts ist so wichtig
für mich
wie ein freier Geist.

Stadtland

Schön ist es in Steinbach auf dem Bauernhof
mit den Tieren,
nicht so **doof**
wie die Städter mit ihren Manieren.

Das Grün **ist** grüner
als in der Stadt
mit ihren Städtern,
ich hab's satt.

Die Natur ist geheimnisvoll
und wunderschön.
Die Stadt hingegen gar nicht toll.
Auf Nimmerwiedersehen.

Neugieriger Wunsch

Die Welt betrachten können
mit den Augen eines anderen menschlichen Individuums
bei gleichzeitigem eigenen Bewusstsein.

Leben und lernen
(gesellschaftliche und subjektive Anschauung)

Nicht für die Schule
lernt man,
sondern für das Leben.

Nicht für das Leben lernt man,
sondern vielmehr währenddessen.

Sein

In der Ewigkeit des Seins
ist man
Nie und Immer.

Einst war ich.
Jetzt bin ich.
Sein werde ich immer.
Und das nie.

Sinn

Man sollte Geschehnissen einen Sinn geben,
um sie besser ertragen zu können.

Um sie zu verstehen hingegen,
muss man ihnen einen Sinn geben.

Kunst

Je mehr ich mich
mit Kunst befasse,
desto künstlicher
erscheint mir die Realität.

(– Zitat von: mein Mensch –)

Alles hat seinen Preis

Was kostet die Erkenntnis,
dass die Menschheit einer geistigen Beschränktheit unterliegt?
Den Verstand!

Der Körper als Hemmfaktor für geistigen Weitblick.
Gewisse Einblicke über das bisher erforschte Universum hinaus
werden weiterhin unergründet bleiben.
Die Begründung liegt im Preis, der zu hoch wäre.

Die Macht würde machtlos werden.
Und was würden die vorherrschenden Bewohner
einer machtorientierten Welt ohne Macht machen?

Solange die Macht den Menschen beherrscht,
wird der Mensch geistig machtlos bleiben.

Schade eigentlich!

Betrachtungsweise

„Was nicht ist, kann ja noch werden",
sagte der Überzeugte und erhängte sich
in der Überzeugung,
dem jetzigen Leben zu entkommen.

„Was nicht ist, kann ja noch werden",
sagte der Hoffende und zog seinen Hals aus der Schlinge
in der Hoffnung,
dem nächsten Leben zu entkommen.

Die Moral von der Geschichte:
Unabhängig davon,
welche Betrachtungsweise herangezogen wird,
steht eines fest:
Dem Leben oder dem Tod –
Entkommen wollen wir alle auf unsere Weise.
Es gibt aber kein Entkommen,
vielmehr ein Kommen und Gehen.

Ist es demnach nicht sinnvoller,
ein hoffender Mensch zu bleiben,
als ein überzeugter Mensch zu werden?

Seinsangst

Die allerschlimmste Angst aller Ängste
ist jene vor sich selbst.

Kreisgedanke

Irren ist menschlich
Menschsein irreparabel

Gleichung

Die stille Ewigkeit
verhält sich zur
lauten Vergänglichkeit
wie
Realität
zu Realität
oder
wie
Energie
zu
Mensch
$x : y = 1 : 1$ oder $xy : yx$

Dort

Dort,
wo Zeit keine Rolle spielt,
dort,
wo Raum grenzenlos ist,
dort,
wo Worte nicht mehr notwendig sind,
dort
haben wir uns gefunden,
das
will ich versuchen,
mir immer vor Augen zu halten,
in den Stunden
des Menschseins.

Neugierde

Es war einmal ein Pony
mit langen Beinen,
ihr Name war Conny.

Am liebsten stand sie auf der Weide,
Conny war wunderschön,
ihr Fell fast wie aus Seide.

Doch eines Tages,
man glaubt es kaum,
aber ich sag es:

Conny wollte in die weite Welt,
weil sie sich einbildete,
dass es ihr gefällt.

Ihre erste Station war ein böser Bauer,
da erlebte sie ihr blaues Wunder,
aua, aua.
(nicht alle Bauern sind böse!)

Ganz zerzaust galoppierte sie weiter,
trotz Neugierde
war sie gar nicht mehr heiter.

Nach Tagen kam sie in eine Stadt,
voller Dreck
und nicht mal satt.

Müde legte sich Conny auf den Asphalt,
dieser war hart
und furchtbar kalt.
Mitten in der Nacht
kam eine Frau vorbei
und streichelte Conny sacht.

„Wo kommst du her, kleines Pferd?
Magst du mit zu mir?
Daheim steht was am Herd!"

Conny dachte still bei sich:
„Ein Wunder ist gescheh'n.
Meint die wirklich mich?"

Die Moral von der Geschicht':
Neugierde hat man
oder nicht.

Die Entführung von M.F.

M.F. wurde entführt.
Das MUSS so gewesen sein, denn als sie es der Polizei meldete, war M.F. bereits mehr als 24 Stunden verschwunden.

„Wo haben Sie M.F. zuletzt gesehen, Miss?"
Der Polizist wirkte gelangweilt.
Im rechten Mundwinkel verpuffte seine Vitarette, was die Vitarette somit völlig sinnlos machte.
Seine Augen waren müde, sein dünnes Haar war fettig und klebte an der vorscheinenden Glatze.

„Muss ich mit dem reden? Echt jetzt?"
Dachte sie, sagte aber nichts dergleichen.

„Miss, möchten Sie nun, dass wir M.F. finden oder sollen wir den Fall abschließen? Also, wo haben Sie M.F. zuletzt gesehen?"

Gequält quollen Worte aus ihrem Mund.
„Im Schlafzimmer."

„Und wann war das?", stieß er nach.

„Vorgestern."

Ihr stiegen Tränen in die Augen. Sie kannte M.F. zwar erst seit zwei Wochen, aber es war Liebe auf den ersten Blick. Sie gehörten zusammen, das wusste sie.

„Was wollen Sie tun, Herr Inspektor?"

„Wir werden die Nachbarn befragen.
Haben Sie vielleicht ein Foto von M.F.?

Das würde die Sache erheblich erleichtern."

Sie kramte in ihrem Rucksack und fand tatsächlich ein analoges Foto.
Gemacht am ersten Tag des Kennenlernens.

„Sie können es fotografieren. Hinten steht die Chipnummer."

Des Inspektors linke Augenbraue bewegte sich Richtung Haaransatz, während er mit seinem Handinnenflächen-Touchscreen ein Duplikat beider Seiten anfertigte.

„Warum haben Sie die Chipnummer? Das ist sehr ungewöhnlich. Sind Sie eine Stalkerin? Ein Cyber-Crime-Girl?"

„Nein, ich bin nur genau. Und ich mag Zahlen. Und ich will mich erkundigen im Netz, bevor ich mich auf eine Sache einlasse. Reine Vorsichtsmaßnahme."

Der Inspektor ließ die Augenbraue wieder sinken und widmete sich der Umgebung.

„Also was ist jetzt? Wollen Sie mir helfen oder wollen Sie mich weiter verhören?"

Sie war genervt.
Und traurig.
Ein nicht bekömmlicher Cocktail.
Ihr wurde schlecht.

Das +10-Punkte-Mittagessen landete auf den Schuhen des Inspektors.

„Verzeihung."

Monoton wischte er den farbigen Aggregatzustand mit einem Desinfektionstuch von seinen Asphalttretern.

Ihr war noch immer schlecht.

„Ich muss mich hinlegen. Mir macht das alles sehr zu schaffen. Wenn ich zum Finden noch etwas beitragen kann, hier haben Sie meine Nummer."

Und weg war sie.
Verschwunden hinter der Türe, hinter jener M.F. ihr noch vor ein paar Tagen glückliche Stunden bereitete.

Am nächsten Tag klopfte es an der besagten Tür.
Es war der Inspektor.

„Wir müssen ein Protokoll machen. Das besagt die Vorschrift."

„Konnten Sie schon etwas ausfindig machen?"

Sie sah verheerend aus. Zerzaust. Mit tiefen Augenringen.
Sie hatte sich die ganze Nacht die Seele aus dem Leib geweint.

„Kommen Sie bitte heute gegen 13:00 auf das Revier. Da kann ich Ihnen dann schon mehr sagen. Außerdem … Sie wissen ja … das Protokoll."

Hinter der Fensterscheibe sah sie dem Inspektor zu, wie er die Menschen im gegenüberliegenden Haus befragte. Das Kopfschütteln der Menschen verhieß nichts Gutes. Damit sie sich nicht so hilflos vorkam, druckte sie alle Fotos aus, die sie in den letzten zwei Wochen von M.F. gemacht hatte, und verteilte diese überall in ihrer Unterkunft. Aus Wehmut. Und vor dem Haus. Aus Verzweiflung. Und in der nächsten Straße. Aus Hoffnung. An die Gemäuer getackert, den Menschen in die Hand gedrückt. Groß und ersichtlich mit den Buchstaben

Suche M.F.! Hinweise werden gebührend entlohnt.
Meldungen bitte an den District Inspektor Helpers.

Kurz vor 13:00 fand sie sich im Revier ein. Gescannt, durchsucht und nach gefühlt tausend Fragen ließ man sie endlich in das Innere vordringen. Drinnen war es heiß und stickig.

„Da müssen einem ja die Haare ausgehen", durchwanderten die Gedanken ihren Kopf.

„Ah, Herr Inspektor. Guten Tag. Darf ich mich setzen?"

„Bitte, Miss. Guten Tag", seine Hand deutete auf den ungemütlichen Stuhl.

„Ich darf gleich zur Sache kommen?"

„Mhm."

„Warum haben Sie für M.F. eine Versicherung abgeschlossen? Vor allem eine, die eine Entführung beinhaltet?"

„Für den Notfall. Und wie man sieht, lag ich gar nicht so falsch."

„Sie wissen aber schon, Miss, dass es nun so aussieht, als hätten Sie die Entführung eingefädelt, um Lebenspunkte abzukassieren von der Versicherung?"

„Das mag schon sein, dass es den Anschein hat. Und trotzdem entspricht es nicht der Wahrheit. Ich tausche doch nicht Lebenspunkte gegen M.F. ein! M.F. macht mich glücklich, Lebenspunkte braucht man, aber sie machen mich nicht glücklich. Verstehen Sie?"

Ihr stieg der Groll aus den Zellen, wanderte ins Gesicht, ließ die Augenbrauen zusammenziehen und dann schoss es aus ihrem Mund wie aus einer Feuerwaffe.

„Haben Sie diesen Beruf überhaupt erlernt oder kassieren Sie nur Lebenspunkte ab, ohne auch nur irgendetwas zur Aufklärung von Fällen beizutragen?"

Ihre Nüstern bliesen sich zur vollen Größe auf.

„Ein Wasser für die Lady, bitte", deutete der Inspektor mit dem Kopf einem unteren Beamten, der an der Tür Wache hielt.

„Hören Sie, Miss, ich muss Ihnen diese Fragen stellen. Das ist Standard. Weltweit. Ob es Ihnen gefällt oder nicht. Abgesehen davon haben wir einen interessanten Hinweis erhalten aus der Bevölkerung. Wir sind gerade dabei, diesem Hinweis nachzugehen. Möglicherweise haben noch andere Entführungen stattgefunden, die zu ein und derselben Person führen. Besser gesagt, zu ein und demselben Clan. Haben Sie mittlerweile schon ein Erpresserschreiben erhalten?"

Am Wasser nippend und lauschend verneinte sie mit einem Kopfschütteln.
Insgeheim keimte eine minikleine Vorfreude in ihr auf.

„Glauben Sie, dass Sie M.F. finden werden?"

„Unser Job besteht nicht aus Glauben, Miss.
Fakten. Reine Fakten. Und die momentane Faktenlage lässt den Schluss zu, dass wir auf einer heißen Spur sind.
Doch keine voreiligen Schlüsse. Sonst ist die Enttäuschung am Ende zu groß.
Und jetzt füllen Sie bitte diese Formulare noch aus."
Mit zittrigen Händen kritzelte sie Buchstabe um Buchstabe auf die Seiten, um sich dann mit einem „DANKE" zu verabschieden und Richtung heimwärts zu tänzeln.
Der Hoffnungsschimmer zieht ihre Mundwinkel nach oben und sie lächelte das erste Mal nach drei langen Tagen.

Zur selben Zeit, nicht weit entfernt, fand sich M.F. unter seinesgleichen. Allesamt entführt und verbarrikadiert in einem Hinterhof. Mindestens zehn an der Zahl. Dreckig und gezeichnet vom Akt des Herausreißens aus dem Alltag. Weg von den Menschen, denen man zugehörig ist.

Die Entführer waren laut und unangenehm. Eine Handvoll an Männer und Frauen, die sich einen schmutzigen Plan zurechtgelegt haben, um schnell an Geld zu gelangen.

„Wir müssen sie so schnell wie möglich über die Grenze bringen", sagte der Eine.

„Aber wie willst du das anstellen? Es sind schon so viele!", sagte der andere.

„Dann nehmen wir sie halt hier auseinander. Drüben können wir ohnehin nur die Einzelteile verkaufen", sagte ein anderer.

„Neee, das geht nicht. Dazu bräuchten wir eine Fachkraft. Verstehste? Wenn die Einzelteile drüben nicht mehr zu gebrauchen sind, ist es aus mit dem Traum vom Geld", sagte der Eine.

„Das nennt sich bei Menschen Organhandel, ihr Vollidioten", witzelte ein Dritter.

„Also gut, wir bringen sie in Etappen rüber. Jeden Tag zwei", sagte die Eine.

„Gut, einverstanden", waren sich alle einig.

Am nächsten Tag sollte es losgehen, war der einstimmige Beschluss.

Der neue Tag war angebrochen und die Hinterbliebene von M.F. wachte mit jener Hoffnung auf, die sie auch einschlafen ließ.

„Heute ist es so weit, ich kann es förmlich spüren. Heute wird alles gut!"

Voller Freude bereitete sie alles vor, um sich auf den Weg ins Präsidium zu machen. Sie verzögerte ihre Entscheidung und beschloss, noch vorher ihren Einkauf im Galaxymarkt zu erledigen. Am Weg dorthin kam sie an einer Taube vorbei, die zusammengekauert auf dem Asphalt saß und gar nicht gesund aussah.

„Armes Tier, hoffentlich geht es dir bald besser."

Am Weg zurück war sie tot. Die Taube. Sie lag auf der Seite. Einfach umgefallen.

Ihre Gedanken kreisten von der toten Taube zu M.F.

Und ihre Hoffnung schwankte und verwandelte sich in Angst.

„Ach herrje, was ist, wenn es M.F. gar nicht mehr gibt? Wenn etwas Schlimmes passiert ist? Wenn, wenn, wenn ..."